Guilt | Pleasure, TogaQ & Kichiku Neko

Maybe someday

In these words Prequel

Seit sie sich im Verwaltungsbüro getroffen und sich kurz die Hand gegeben hatten, hatten sie kein Wort mehr gewechselt. Der Mann mittleren Alters mit dem ordentlich frisierten, von grauen Strähnen durchzogenen Haar bedeutete ihm, mitzukommen, und er folgte ihm mit ein paar Schritten Abstand. Er beobachtete, wie der lange Mantel und der Bindegürtel, der in den Schlaufen an der Taille hing, hin und her schwangen. Sie schwiegen, bis sie den fast leeren Parkplatz in der Nähe erreicht hatten und vor einem dunkelblauen Fahrzeug anhielten. Erst als sie beide im Auto saßen und die Türen geschlossen waren, ergriff der ältere Mann das Wort.

»Von jetzt an dürfen Sie sich nicht mehr mit Ihrem richtigen Namen vorstellen. Reagieren Sie nicht darauf, auch wenn ein Freund Sie anspricht. Verstanden?«

Der alte Mann zog ein Etui aus dem Handschuhfach und drückte es ihm in die Hand. Shinohara betrachtete es und sofort breitete sich ein amüsiertes Lächeln auf seinem Gesicht aus. Das Etui enthielt die Polizeimarke mit seinem Foto und seinem neuen Namen.

»Unter diesem Namen wurde eine komplett neue Identität für Sie angelegt«, fuhr der Mann fort und deutete auf das offene Handschuhfach. »Es steht alles in der Akte da. Lesen Sie sie. Prägen Sie sich die Daten gut ein. Das ist Ihr neues Leben.«

»Kenji Shinohara«, sprach er seinen neuen Namen laut aus. Es war seltsam, ihn zu hören.

Der alte Mann startete den Wagen. »Über den Rest informiere ich Sie später«, sagte er. »Studieren Sie Ihre Akte. Sie haben nicht viel Zeit. Das ist ein heikler Auftrag.«

Shinohara zog den Stuhl heraus, der an den Tisch geschoben war, und setzte sich. Der Mann hatte ihn in ein kleines Büro in einem nichtssagenden Gebäude geführt, das sich inmitten der lauten, geschäftigen Hochhäuser von Shibuya befand, die die hippen Trendsetter anzogen. Obwohl er zu der Altersgruppe gehörte, die sich in diesem Teil der Stadt versammelte, war Shinohara nicht gerne hier und das konnte er nicht verbergen.

»Ich versichere Ihnen, dass dieses Gebäude der Regierung gehört«, erklärte der Mann, als er Shinoharas Stirnrunzeln bemerkte. Er zog sein Jackett aus. Um den Hals trug er einen Lanyard mit seinem laminierten Ausweis. Unter dem Foto stand »A. Asakawa« und darunter prangte das Wappen der Tokioter Polizei.

»Schon klar«, erwiderte Shinohara. »Kommen noch mehr Leute zur Überraschungsparty, oder war's das?«

Asakawa lachte. Um seine gütigen Augen herum bildeten sich Fältchen, die ihn älter und väterlicher erscheinen ließen.

Shinohara hatte auf den ersten Blick erkannt, dass Asakawa ein Polizist war – einer der Polizisten, die Jahre auf Streife verbracht hatten und noch mehr am Schreibtisch, dabei aber nicht vergessen hatten, wo sie herkamen. Er schätze Asakawa auf Ende fünfzig. Er strahlte die Weisheit und Gelassenheit eines Mannes aus, der doppelt so alt war wie Shinohara selbst. Er mochte ihn.

»Weil das ein heikler Auftrag ist«, erklärte Asakawa, zog einen Aktenkoffer hervor, der unter dem Tisch gestanden hatte, und legte ihn darauf, »beschränkt sich Ihr Kontakt zu den offiziellen Kanälen allein auf mich. Ich bin Ihr Verbindungsmann.«

»Worum geht es hier? Ich habe noch nicht mal die Akademie abgeschlossen.«

Asakawa ließ die Schnallen des Aktenkoffers aufschnappen, öffnete ihn jedoch nicht. »Wir müssen jemanden rekrutieren, der auf dem Polizeirevier noch nicht bekannt ist«, sagte er. Seine Finger trommelten für einen Moment auf die Lederoberfläche des Koffers. »Lassen Sie mich von vorne anfangen.«

Er zog einen Stuhl heraus und setzte sich Shinohara gegenüber. »Bei diesem Auftrag geht es um eine ziemlich große und vielschichtige Verbrecherorganisation. So sehr es mich auch schmerzt, das zu sagen, selbst der Polizeipräsident weiß nicht, wie viele Beamte in wie vielen Abteilungen … nennen wir es ›gute Beziehungen‹ zu diesem Syndikat unterhalten. Wir brauchen also jemanden, den die Beamten im aktiven Dienst nicht kennen.«

»Es ist ziemlich …«, begann Shinohara und gestikulierte, um die richtigen Worte zu finden, »seltsam, einen Neuling, der einen Monat vor dem Abschluss steht, in einem Fall einzusetzen, über den Sie mich in einem stickigen, kleinen Raum informieren müssen.«

Asakawa zuckte mit den Schultern. »Das finde ich auch«, erwiderte er. Er öffnete den Aktenkoffer und zog einen dicken Stapel Papiere in einer Mappe heraus. »Aber wir haben nicht die Zeit, um uns einen anderen Plan auszudenken oder jemanden mit deutlich mehr Erfahrung zu finden, der unseren Ansprüchen gerecht wird. Ihre Ausbilder haben uns versichert, dass Sie perfekt für den Job sind.«

Einer von Shinoharas Mundwinkeln verzog sich nach oben und er lachte. »Ich gehöre nicht gerade zu den besten Anwärtern und die meisten meiner Ausbilder bringe ich immer nur auf die Palme. Es gehört inzwischen schon zur täglichen Routine, dass mindestens einer von ihnen mich daran erinnert, dass ich einen beschissenen Streifenpolizisten abgeben werde.«

»Das hat man uns auch gesagt. Aber Ihre Ausbilder sind schon so lange dabei wie ich. Sie haben ein Auge für Leute mit besonderen Talenten«, erklärte Asakawa. »Und Sie haben wahrscheinlich recht. Es liegt Ihnen nicht, Strafzettel zu schreiben oder sich anzuhören, warum jemand mit seinem Auto in einen Laternenmast gerast ist. Sie sehen weit mehr Potenzial in Ihnen, als dass Sie solch niedere Arbeiten verrichten sollten.«

»Falls Sie mir schmeicheln wollen: Es funktioniert.«

Asakawas Grinsen wurde breiter. »Die Leute scharen sich um Sie und wollen Ihnen folgen. Sie haben eine starke Persönlichkeit. Ihre schriftlichen Testergebnisse sind grauenhaft, aber in praktischen Situationen sind Sie der Beste. Sie denken schnell und reagieren auch unter schwierigen Umständen effizient und instinktiv. Ich kann keinen Streifenpolizisten mit zwanzig Jahren Erfahrung hiermit beauftragen, aber ich bin ziemlich sicher, dass ich mich auf Sie verlassen kann.«

Shinohara verschränkte die Finger auf dem Tisch. »Ich würde jetzt rot werden, wenn ich nicht ganz genau wüsste, was dieser Auftrag bedeuten könnte.«

»Ich sage nicht, dass es einfach wird«, erwiderte Asakawa. Er legte die dicke Aktenmappe hin und öffnete sie. An die Innenseite des Deckels war das Farbfoto eines jungen Mannes geheftet, der vor einem Springbrunnen posierte.

»Niedlich«, kommentierte Shinohara.

»Er ist der jüngste Sohn eines Parlamentsmitglieds und der Grund, warum über diesen Auftrag nichts bekannt werden darf.«

»Lassen Sie mich raten: Der Junge hat was angestellt, das sich für den Sohn eines wichtigen Mannes nicht gehört?«

»Das kann man wohl sagen«, antwortete Asakawa. Er streckte den Arm aus und blätterte einige Seiten weiter, bis ein weiteres Foto erschien. Dieses zeigte einen älteren Mann, vielleicht um die Dreißig, dessen gepflegtes Äußeres ihn trotz seines ordentlichen Anzugs und der Krawatte eher wie einen Host in einem Klub erscheinen ließ und nicht wie einen Geschäftsmann.

»Der Junge heißt Rei. Sie müssen seinen Nachnamen nicht kennen oder irgendetwas über seinen Vater wissen. Er ist vor einem Monat neunzehn geworden. Um genau zu sein, hat er Mitsura«, sagte Asakawa und tippte mit dem Finger auf das andere Foto, »bei seiner Geburtstagsparty in einem Klub in Shinjuku kennengelernt.«

»Und sie sind zusammen durchgebrannt«, vermutete Shinohara.

»Wenn es nur das wäre, gäbe es kein Problem«, entgegnete Asakawa. »Mitsura ist einer der Puppensammler der Teraoka-Gruppe.«

»Puppensammler?«

»Aalglatte Männer wie er ziehen durch die Klubs, die überwiegend der Yakuza gehören, und reißen gut aussehende Männer und Frauen auf. Sie freunden sich mit ihnen an, werden ihre Liebhaber, entfremden sie dann von Familie und Freunden und zwingen sie, sich in den Klubs, in denen sie sie aufgerissen haben, zu prostituieren. Oder schlimmer noch, sie lassen sie einfach verschwinden. Wir gehen davon aus, dass die Opfer mit dem Versprechen einer Urlaubsreise aus dem Land gelockt werden, aber nie zurückkehren. Danach sind uns die Hände gebunden, weil wir immer wieder mit den ausländischen Behörden über die Zuständigkeiten streiten, wenn wir versuchen, irgendeine Spur zu verfolgen.«

Shinohara blätterte zurück zu dem Bild des jungen Mannes und studierte es. Rei strahlte in die Kamera. Er lehnte an einem kunstvoll gestalteten Springbrunnen. Er war ein gut aussehender Junge und man sah auf den ersten Blick, dass er ein privilegiertes Leben geführt hatte.

»Er hat einem Freund erzählt, dass Mitsura ihm ein Ticket nach Hongkong geschenkt hat, und ihn gebeten, ihn in den vier Tagen, die er weg sein würde, zu decken.«

»Und dann?«

»Das war vor einer Woche. Wir glauben, dass Mitsura ihn in eines der Hotels gebracht hat, von denen aus die Teraoka-Gruppe agiert, ein kleiner Laden, aber sehr exklusiv. Wir haben keinen Zweifel, dass die Teraoka-Gruppe ihren Menschenhandel von diesem Hotel aus betreibt, und gehen davon aus, dass Rei wahrscheinlich dort ist.«

Asakawa kramte erneut in seinem Aktenkoffer. Dieses Mal zog er einen weißen Schnellhefter heraus. Er warf ihn auf die Unterlagen vor Shinohara.

»Prägen Sie sich das hier ein, während Sie packen. Wir besorgen Ihnen einen Pass. Wir fliegen morgen mit der Achtuhrmaschine nach Hongkong.«

Shinohara zog verwirrt die Augenbrauen zusammen, als er den Hefter aufschlug. »Cocktailrezepte?«

»Sie werden als Barkeeper im Hotel arbeiten. Sie müssen nur Rei finden, ihn sich schnappen und ihn zur nächsten amerikanischen oder japanischen Botschaft bringen, so schnell sie können. Egal, wie Sie es anstellen.«

»So einfach, ja?«

»Möglicherweise ja«, sagte Asakawa. »Beeindrucken Sie diesen alten Mann und ich ... oder eher die da oben verschaffen Ihnen jeden Job innerhalb der Tokioter Polizei, den Sie sich nur wünschen können.«

»Ah«, entgegnete Shinohara. »Das ist gut zu wissen. Dann sollte ich Ihnen vielleicht besser nicht sagen, was ich *wirklich* von diesem halbgaren Plan halte.«

»Ich bitte darum.«

HONGKONG – 2 TAGE SPÄTER, IN EINEM GEHEIMEN APARTMENT

»Ich habe bereits in Zimmer 308 eingecheckt. Benutzen Sie nicht das Festnetz des Hotels, um mich zu kontaktieren. Die Leitung wird mit Sicherheit abgehört«, sagte Asakawa, während er Shinoharas Krawatte richtete. »In Ihrem Handy ist meine Durchwahl unter dem Namen Sumi eingespeichert. Die Ausweichnummer – falls dieser Anschluss besetzt ist oder Sie einfach nicht durchkommen – ist unter ›Jane‹ einprogrammiert und verbindet Sie direkt mit dem Leiter der Polizeistation in Kowloon.«

Nachdem Asakawa schnell noch einmal Shinoharas formelle Barkeeper-Uniform überprüft hatte, nickte er anerkennend.

»Fragen Sie nach Sumi oder Jane, sobald jemand drangeht. Dann wissen die Station oder ich sofort, dass Sie nicht in Schwierigkeiten stecken. Falls doch, verwenden Sie den jeweils anderen Namen. Dann nutzen wir das GPS in Ihrem Telefon, um Sie zu orten.«

»Schon klar, Sumi-Schätzchen.«

»Ich bin alt genug, um Ihr Vater zu sein.«

»Ich wollte Sie nicht beleidigen, Fräulein Sumi.«

Asakawa hob Shinoharas langen Mantel vom Bett auf und strich die Falten glatt. »Ich war nicht mehr so aufgeregt, seit ich vor dreißig Jahren meine Kinder am ersten Schultag verabschiedet habe.«

»Ich fühl mich auch wie an meinem ersten Schultag«, sagte Shinohara, während er den Mantel anzog und zuknöpfte.

»Ich habe heute Morgen eine nicht registrierte Waffe mit einem Zwölfschussmagazin im Safe des Hotels deponiert. Sie liegt in einer dunkelroten Samtschatulle«, erklärte Asakawa. Er zog einen Schlüssel aus der Tasche und ließ ihn vor Shinoharas Nase baumeln, bis dieser ihn sich schnappte. »Benutzen Sie sie nur im äußersten Notfall. Bringen Sie niemanden um, nur weil er Ihnen auf den Sack geht, verstanden?«

»Eine Waffe macht zu viel Krach«, erwiderte Shinohara und steckte den Schlüssel in seine Hosentasche.

»Eine Stunde nachdem Sie weg sind, mache ich mich selbst auf zum Hotel«, sagte Asakawa und blickte auf seine Uhr. »Sie sollten besser gehen und an Ihrem ersten Arbeitstag zeitig da sein, Shinohara.«

Shinohara nickte nur, bevor er die kleine Wohnung verließ, in der es außer einer einfachen Pritsche nichts gab. Er stieg über ein Kind, das auf der Treppe saß, die zu seinem Apartment führte. Es war bereits Herbst, doch es war immer noch stickig. Smog und Feuchtigkeit hingen schwer in der Luft. Er zog seinen zugeknöpften Mantel enger um sich und ging die Straße entlang zu den Taxis, die am Bordstein warteten.

Das Hotel Cygnus wirkte unscheinbar und heruntergekommen neben dem beeindruckenden, blau-silbernen Grand Hyatt, das in einem Block Entfernung aufragte. Es wirkte fehl am Platz, eingepfercht zwischen einer wilden Mischung aus kleineren, privat geführten Hotels und verschiedenen Geschäften, die alle versuchten, an den Touristen, die nicht das nötige Kleingeld hatten, um im Grand Hyatt unterzukommen, etwas zu verdienen.

Auf der Straße tummelten sich alle möglichen Leute – von jenen in teurer Kleidung und mit aufwendigen Frisuren bis hin zu Männern, die barfuß waren und in ihren dreckigen Unterhemden auf Plastikhockern vor ihren Geschäften saßen und selbst gedrehte Zigaretten rauchten. Es war faszinierend, aber andererseits auch eine erschreckende Warnung an ihn, dass er hier nicht in seinem Element war. Er sprach so gut wie kein Chinesisch und mit dem bisschen Schulenglisch kam er auch nicht gerade weit. *Ein Fisch auf dem Trockenen*, dachte Shinohara, als der Taxifahrer anhielt und in einer irren Geschwindigkeit wahrscheinlich auf Kantonesisch auf ihn einredete. Shinohara zog einen Schein aus seiner Tasche, der der Summe auf dem Taxameter entsprach, und drückte ihn dem Fahrer in die Hand. Er nickte ihm zu und stieg aus.

Er erkannte das Cygnus sofort. Es war das einzige Haus, das aussah, als hätte es auch ein Bürogebäude sein können mit seinem tristen, grauen Verputz und dem schicken, schwarzen schmiedeeisernen Zaun mit Tor. Das Hotelschild war so klein, dass er es erst bemerkte, als er nur noch wenige Schritte entfernt war. »Hotel Cygnus« war in eine Messingplakette von der Größe eines Nummernschildes eingraviert, das über dem Haupteingang angebracht war. Wenn dieser Ort schreckliche Geheimnisse beherbergte, war das auf den ersten Blick nicht zu erkennen. Die Durchschnittlichkeit des Gebäudes war Teil seiner Raffinesse.

Als Shinohara das Tor aufschob, fielen ihm die Kameras auf – eine ganze Reihe von ihnen –, die das Grundstück umgaben. Es war unbestreitbar ein Ort, den nur Eingeweihte finden würden. Dass das Gebäude so unscheinbar wirkte, hatte schon fast wieder etwas Einschüchterndes an sich. Auch als die Glastüren vor ihm aufglitten und ein Chor aus Stimmen ihn von der Rezeption aus auf Japanisch begrüßte, fühlte er sich noch unwohl.

»Sie müssen der Neue sein, den wir erwarten«, begrüßte ihn eine Frau, während sie hinter dem Rezeptionstresen hervorkam. Sie sah gut aus und hatte in dem eng anliegenden roten Anzug eine fantastische Figur. Das goldene Namensschild an ihrem Revers wies sie als »Rena« aus.

Sie roch auch gut. Sie zog den Hauch eines teuren Parfüms hinter sich her, als sie auf Shinohara zukam und ihm die Hand schüttelte, bevor sie ihm bedeutete, ihr zu folgen.

Im Inneren des Hotels offenbarte sich eine völlig andere Welt, die nichts mit der langweiligen, farblosen Fassade gemeinsam hatte. Die Möbel und Teppiche waren seltene Stücke von höchster Qualität, wie man sie nicht einmal in Fünfsternehotels in den öffentlichen Bereichen fand. Von der gewölbten Decke verströmten kunstvolle Kronleuchter ihr Licht.

Das Erste, was Shinohara auffiel, war, wie jung und gut aussehend die Männer und Frauen waren. Wie Rena trugen sie alle ähnliche maßgeschneiderte Anzüge, egal welche Position sie bekleideten, selbst die Hostessen. Und auch wenn der Großteil des Personals Japanisch und Englisch sprach, waren die meisten von ihnen tatsächlich Japaner.

»Sie sind zwanzig Minuten zu früh dran«, sagte Rena. »Das wird dem Manager gefallen. Dieses Haus hat viele strikte Regeln, und Pünktlichkeit ist eine davon. Wir dürfen keinen Kunden warten lassen. Nicht mal eine Minute lang.«

Sie folgten einem Flur und kamen an einer Piano-Lounge vorbei, in der jemand ein paar angeheiterte Gäste und ihre deutlich jüngeren Begleiter unterhielt – und das um neun Uhr morgens.

»Ja, das hier ist genau *so ein* Etablissement«, erklärte Rena und senkte ihre Stimme. »Ich kann es Ihnen auch gleich sagen. Ich sehe Ihnen an, dass Ihnen die Frage bereits auf der Zunge liegt.«

»So, wie dieser Ort aussieht, schätze ich, dass die Kunden in der Regel älter, aber sehr hochkarätig sind.«

»Ja. Leute, die Ihr ganzes Leben mit einem einzigen Anruf verändern können. Sie kommen hierher, um zu entspannen und sich verwöhnen zu lassen.« Eine Pause entstand und Renas Lächeln wurde breiter. »Ich mag Sie jetzt schon, also verrate ich Ihnen, was Sie wissen müssen, um in diesem Laden gut zurechtzukommen.« Sie berührte Shinohara vorsichtig an der Hand. »Tun Sie, was man Ihnen sagt. Tun Sie so, als hätten Sie nichts gesehen, auch *wenn* Sie etwas gesehen haben. Und stellen Sie nur Fragen, die sich auf Ihre Arbeit beziehen.«

»Das klingt fast so, als wollten Sie sagen, ich solle nachts nicht unter mein Bett gucken«, sagte Shinohara und schenkte ihr ein strahlendes Lächeln – er hatte dieses Lächeln einstudiert und war sicher, dass er damit absolut jeden um den Finger wickeln konnte. »Gibt es Monster hier, von denen ich wissen sollte?«

»Schlimmer«, entgegnete Rena und ging weiter. »Das Hotel gehört der Yakuza.«

»Du hast ganz schön viele Freundinnen.«

Für einen Moment wäre Shinohara fast das Herz stehen geblieben, als er aus der Dusche kam und sah, dass Rena durch sein Handy scrollte. Er beruhigte sich und setzte ein lässiges Lächeln auf, während er auf das Bett zuging.

»Du solltest nicht in meinem Telefon rumschnüffeln«, sagte Shinohara. »Das macht man erst beim dritten Date.«

»Ich war nur neugierig, wer du bist«, erwiderte sie und legte das Handy zurück auf den Nachttisch. »Es ist ja nicht so, als könnte ich deinen Browserverlauf durchforsten, um etwas über dich zu erfahren.«

Nach Shinoharas erstem Tag hatten sie gemeinsam das Cygnus verlassen – trotz der lautstarken Proteste der anderen Barkeeper, die ihn mit billigem Alkohol auf dem Nachtmarkt in ihren Reihen willkommen heißen wollten. Stattdessen hatte Rena ihn in ein Marriott gebracht, das mit dem Taxi zwanzig Minuten entfernt war, wo sie gegessen und sich ein Zimmer genommen hatten.

»Wir haben uns einander gerade sehr lange und ausgiebig vorgestellt«, sagte Shinohara und schlüpfte zurück ins Bett. Sein Haar war noch tropfnass, als er sich über sie beugte. »Was willst du sonst noch wissen?«

Ein Kuss. Rena schlang die Beine um seine Hüften und zog ihn an sich.

»Ich mag dich wirklich«, erklärte Rena. »Also werd bitte nicht sauer, wenn ich dir sage, dass der Manager mich gebeten hat, rauszufinden, ob du in Ordnung bist.«

»In Ordnung?«

»Ob du wirklich bei uns arbeiten willst«, führte Rena aus. »Es kommt zwar selten vor, aber manchmal versucht die Polizei, jemanden bei uns einzuschleusen.«

Shinohara lachte und küsste sie wieder. »Ich bin gerade mal einundzwanzig und habe die Uni abgebrochen. Glaubst du, die Bullen hätten Verwendung für mich?«

»Aber was willst du dann hier? Du sprichst die Sprache nicht und du kannst es dir gerade so leisten, in einer der miesesten Ecken der Stadt zu leben. Es wird Jahre dauern, bevor du richtig Geld verdienst.«

Shinoharas Lächeln blieb unverändert. »Vielleicht bin ich nur hergekommen, um dich zu treffen.«

Danach stellte sie keine weiteren Fragen mehr.

»Du bist erst seit drei Tagen hier und arbeitest schon auf den Partys?«, fragte ihn Barton, ein britischer Auswanderer, der schon seit fünf Jahren an der Bar des Hotels arbeitete. »Du musst es Rena ja ziemlich gut besorgt haben, dass sie dich dem Manager empfiehlt. Die beiden sind wie siamesische Zwillinge. Wenn du dich mit ihr gut stellst, kriegst du jede Menge Boni und kommst auf die guten Partys.«

Shinohara hatte das Glas, das er poliert hatte, abgestellt und blickte sich in der Küche um. Auf der anderen Seite des Raums waren drei Souschefs damit beschäftigt, Fleisch und Gemüse vorzubereiten. Auf dieser Seite, wo die Gläser und Teller gespült wurden, befanden sich nur Barton und er.

»Was erwartet mich bei dieser Party?« Shinohara senkte seine Stimme zu einem Flüstern.

»Allein für deine Anwesenheit kriegst du einen schönen vierstelligen Bonus. Dazu kommen noch die Trinkgelder. Großzügige Trinkgelder von altem Geldadel, der sich mit großen Scheinen den Arsch abwischt.«

»Nein, ich meine, warum ist diese Party so wichtig?«

Barton sah sich wieder um und beugte sich zu ihm herüber, um ihm zuzuflüstern: »Es ist eine große Sexparty für die Reichen und Mächtigen der Gegend. Manchmal kommen sogar hohe Tiere von außerhalb oder aus dem Ausland, um sich zu amüsieren.«

»Nur Sex?«

»Wir reden hier nicht von Blümchensex. Das Motto ist eher ›Mach, worauf du wirklich stehst‹, ohne dass es irgendwelche Konsequenzen geben würde, mit gut aussehenden Männern und Frauen – alle ohne Papiere aus dem Ausland hergebracht, damit die Bullen sie nicht identifizieren können, wenn sie eine der Leichen finden.«

Shinohara verzog das Gesicht und Barton nickte.

»Es ist wirklich eine Schande. Einige von denen, die verstümmelt und zerfleischt werden, sind wirklich wunderschön. Aber viele dieser Typen stehen drauf. Da wundert man sich wirklich, wie die oberen Zehntausend so leben, oder?« Barton stieß einen dramatischen Seufzer aus.

»Der Bonus ist also eine Art Schweigegeld«, folgerte Shinohara.

»Ja, niemand würde den Mund aufmachen, selbst wenn man nicht ohnehin schon Angst hätte, vom Eigentümer ausgeweidet zu werden. Ein zusätzlicher Anreiz, die Klappe zu halten und wegzuschauen.«

»Nett.«

»So funktioniert die Nahrungskette nun mal. Die meisten von uns sind nichts weiter als Futter für die Reichen und Perversen. Wir müssen mitspielen, wenn wir nicht auf der Speisekarte landen wollen.«

»Wie oft hast du schon bei solchen Banketten bedient?«

Barton zuckte mit den Schultern und richtete sich auf. Er nahm ein weiteres Glas vom Tablett und polierte es. »Vielleicht einmal alle sechs Monate. Um ehrlich zu sein, mache ich das nicht gerne. Danach habe ich immer wochenlang Albträume. Es ist gutes Geld, aber, ich weiß auch nicht … hängt immer davon ab, ob ich grade Kohle brauche.«

»Und wie oft finden diese Partys statt?«

»An jedem letzten Wochenende im Monat«, antwortete Barton. »Du wirst jede Menge Gelegenheit haben, dir ein kleines Vermögen zu verdienen, Shinohara.«

»Die Party ist in zwei Tagen«, sagte Shinohara. Er ging über einen belebten Nachtmarkt und kam an Fressbuden vorbei, die alles, was einmal lebendig gewesen war, frittiert oder gegrillt anboten. Trotz des ernsten Themas trug er ein liebevolles Lächeln auf den Lippen, während er telefonierte – für den Fall, dass ihn jemand beobachtete. Er sprach mit Asakawa. »Wenn er in dem Hotel ist, gibt er vermutlich jetzt sein Debüt als Teil des Fangs des Monats.«

»Wo im Hotel?«

»Nur die gesamte obere Etage ist reserviert. Da oben gibt es einen Ballsaal.«

»Das macht es nicht gerade einfach, ihn sich zu schnappen und zu verschwinden.«

»Ich habe eine Idee, aber ich werde sie nicht alleine umsetzen können.«

»Lassen Sie hören.«

»Kennen Sie irgendwelche Leute, die gerne zündeln?«

Am anderen Ende entstand eine Pause. Shinohara lauschte geduldig dem gelegentlichen statischen Rauschen, das ihm verriet, dass die Verbindung nicht unterbrochen war.

»Die Idee gefällt mir«, sagte Asakawa schließlich. »Das könnte funktionieren. Ich rufe die Station an und bespreche das mit ihnen. Die Sicherheit im Hotel wird morgen noch verschärft werden. Ich habe heute Morgen erfahren, dass Teraoka selbst einen Flug nach Hongkong genommen hat. Wir glauben, dass er diese Veranstaltungen persönlich besucht und überwacht. In der Regel fliegt er jeden letzten Mittwoch des Monats von Tokio nach Kowloon, jetzt, wo ich darüber nachdenke. Das würde zu den Terminen der Partys passen, die Sie erwähnt haben. Ich habe so ein Gefühl, dass er im Cygnus absteigen wird. Und wenn dem so ist, wird der Laden nur so wimmeln von seinen Leuten.«

»Es tut mir leid. Ich habe das alles erst heute Morgen erfahren.«

»Was schon hundert Prozent mehr sind, als wir bisher wussten. Das heißt, wenn Rei wirklich dort ist und irgendwo oben festgehalten wird. Wenn nicht …«

»Gehen wir erst mal davon aus, dass es so ist«, entgegnete Shinohara. »Ich muss los. Ich hab einen Umweg durch Downtown gemacht, um mit meiner süßen Sumi zu sprechen.«

»Betrügst du mich mit dieser Rena?«

»Du lässt mich ja nicht ran. Ein junger Mann wie ich hat seine Bedürfnisse«, sagte Shinohara. »Es ist deine eigene Schuld, dass ich Trost in den Armen einer anderen Frau suche.«

»So ist das, wenn man mit einer älteren Frau zusammen ist«, erwiderte Asakawa. »Geben Sie mir vierundzwanzig Stunden, um mit der Station was auf die Beine zu stellen. Ich schicke einen Boten zu Ihrer Wohnung, der Sie auf dem Laufenden hält.«

Niemand musste Shinohara darüber informieren, dass der Eigentümer irgendwann an diesem Morgen im Hotel eingetroffen war. Der Manager war nervös und drinnen wie draußen patrouillierten Männer in unbequemen Dreiteilern. Selbst Rena wirkte völlig fertig, obwohl sie sich erst vor fünf Stunden voneinander verabschiedet hatten.

»Vermute ich richtig, dass wir einen wichtigen Gast haben?«, fragte Shinohara mit seiner üblichen Leichtigkeit, die in starkem

Kontrast zu der angespannten Atmosphäre stand, die das luxuriöse Hotel erfasst hatte.

Als wollte sie ein ungezogenes Kind tadeln, runzelte Rena die Stirn und zog ihn beiseite.

»Das ist nicht der richtige Zeitpunkt, um …«

»Ich selbst zu sein?«, bot Shinohara an, nachdem Rena nicht die passenden Worte zu finden schien. »Werden es die Gäste nicht merken, wenn wir uns wie aufgescheuchte Hühner benehmen?«

»Der Eigentümer ist hier.«

»Dann sollten wir ihm zeigen, wie glücklich wir sind, hier zu arbeiten, statt so ängstlich zu sein«, sagte Shinohara.

Der Manager – ein stämmiger Chinese, der aussah, als sei er zehn Kilo zu schwer für seinen Anzug, und zwischen all den jungen und gut aussehenden Angestellten des Hotels herausstach – trat zwischen Shinohara und Rena.

»Shinohara hat recht«, sagte Wong und tupfte sich mit einem gefalteten Taschentuch den Schweiß von den Schläfen.

»Warum geht das Management nicht mit gutem Beispiel voran und begrüßt den Eigentümer?«, schlug Shinohara vor. »Bringen Sie ihm ein schönes Mittagessen und ich serviere ihm gerne ein paar Drinks, während er isst.«

Wong und Rena starrten ihn sprachlos an.

»Ich bin der Einzige in diesem Laden, der den Eigentümer nicht gut genug kennt, um Angst vor ihm zu haben. Bis jetzt. Sie wollen doch nicht, dass ihn jemand bedient, der völlig eingeschüchtert ist, oder?«

Der spontane Vorschlag fruchtete. Er gefiel Wong. Zwei Stunden später folgte Shinohara zwei nervösen Kellnern, die einen silbernen Servierwagen vor sich herschoben, während zwei Männer in Anzügen sie anführten. Shinohara prägte sich den Grundriss der neunten Etage genau ein.

Sie unterschied sich nur durch die dunklere Farbgebung von den anderen Stockwerken. Er zählte fünfzehn Zimmer. Vermutlich handelte es sich um Suiten, wenn man die großen Abstände zwischen den Türen bedachte, die sich nach links den Flur hinunter erstreckten. Sie wurden nach rechts geführt, vorbei an nicht nummerierten Türen. Er konnte Stimmen vernehmen und meinte auch, jemanden weinen zu hören. Die Kellner waren verängstigt. Er konnte sehen, wie sie die Köpfe einzogen und sich auf ihren Wagen stützten, als wollten sie versuchen, die Geräusche auszublenden.

Shinohara konzentrierte sich darauf, seine Schritte zurückzuverfolgen und die Türen zu zählen, während er in seinem Kopf einen Grundriss erstellte. Fast wäre er in die Kellner hineingerannt, als sie vor einer Tür anhielten.

Die Männer in den Anzügen klopften einmal und traten ein. Eine Sekunde später kamen sie wieder heraus und bedeuteten ihnen, hereinzukommen.

Die Suite befand sich am Ende eines gekrümmten Flurs. Shinohara hatte nicht viel Zeit, um die Weitläufigkeit und Eleganz des Raums zu bewundern, doch ihm fiel auf, dass die Kronleuchter hier noch kunstvoller gearbeitet waren als die in der Lobby. Eine Glasfront blickte auf die Stadt hinaus und der Boden bestand aus grau-weißem italienischem Marmor statt dem üblichen Teppich.

Sie wurden von schmatzenden Geräuschen begrüßt, gepaart mit schmerzerfülltem Stöhnen. Teraoka stieß brutal in jemanden, den er auf das Bett drückte, das groß genug für fünf Personen war.

Während die Kellner das Mittagessen auf dem gläsernen Esstisch in der Nähe servierten, hielten sie ihren Blick stur auf ihre Arbeit gerichtet. Shinohara wurde auf eine Bar verwiesen, die sich an einer Wand in der Nähe des Panoramafensters befand.

Als würde Teraoka sich seines Publikums gerade erst bewusst, drückte er sich hoch und drehte sich auf den Rücken. Auf die Ellbogen gestützt, lag er auf dem Bett.

Auf Englisch sagte er zu dem Jungen, den er gevögelt hatte: »Mach weiter.«

Es war nicht Rei, wie Shinohara erkannte, als er einen flüchtigen Blick auf den Teenager warf. Mit seinen blonden Haaren und den grünen Augen wirkte er europäisch. Er sah aus, als hätte man ihn direkt aus einem englischen Internat entführt.

Die Bewegungen des Jungen waren langsam und schmerzerfüllt. Vorsichtig ließ er sich auf Teraokas Erektion herunter. Seine Zähne waren zusammengebissen und Tränen liefen ihm über die Wangen. Nachdem er ihn komplett in sich aufgenommen hatte, belohnte Teraoka ihn mit einem zärtlichen Tätscheln auf den Hintern.

»White Russian«, sagte Teraoka. Er sah Shinohara nicht an, während er seinen Befehl gab.

Shinohara mixte den Drink und servierte ihn Teraoka am Bett auf einem kleinen Silbertablett. Teraoka hielt in seinen Bewegungen lange genug inne, um das Glas vom Tablett zu nehmen und einen Schluck zu trinken.

»Bist du neu hier?«

»Ja, Sir«, antwortete Shinohara. Er wusste nicht, ob er warten sollte, bis Teraoka ausgetrunken hatte, um ihm das Glas wieder abzunehmen, oder ob er sich zurückziehen sollte. In den Anweisungen stand nichts darüber, wie man sich als Kellner im Schlafzimmer zu verhalten hatte, dachte Shinohara sarkastisch.

Während Teraoka trank, musterte er Shinohara. Er leerte das Glas in einem Zug und stellte es zurück aufs Tablett.

»Nächstes Mal weniger Wodka«, sagte er.

»Natürlich, Sir«, erwiderte Shinohara. »Darf ich Ihnen noch einen bringen?«

Für einen Moment schwieg Teraoka. Sein Blick bohrte sich in Shinohara, als wollte er versuchen, bis in dessen Innerstes zu sehen. Shinohara hielt ihm stand. Sein Gesicht war eine gleichgültige, aber aufmerksame Maske, während er auf Teraokas Antwort wartete.

»Immer her damit, bis ich dir etwas anderes sage«, befahl Teraoka schließlich und wandte sich wieder dem Blondschopf zu.

Der Rest des Nachmittags war ereignislos. Regelrecht langweilig. Die Sexshow endete, kurz nachdem sie eingetroffen waren, und der Blondschopf wurde weggeschickt, eingehüllt in einen Bademantel, der ihm mehrere Nummern zu groß war.

Während Teraoka sein exklusives Mittagessen serviert wurde, lief auf dem Flachbildschirm an der Wand die Liveübertragung eines Baseballspiels aus Okinawa. Er beachtete sie kaum. Beim Essen blickte er auf den Bildschirm des Laptops, der neben seinem Teller stand. Er ignorierte jeden der Anwesenden, inklusive der Bodyguards. Die Situation wäre ziemlich unangenehm gewesen, wenn die Stimme des Sportkommentators die Stille nicht mit fröhlichen Beschreibungen des Spiels gefüllt hätte.

Sechs White Russians und zwei trockene Martinis später wurden Shinohara und die beiden Kellner entlassen. Als sie die Suite verließen, folgte ihnen keine Eskorte.

»Ich hatte solche Angst …«, sagte einer der Kellner, sobald sie in den Fahrstuhl gestiegen waren. Er hielt seine Hand hoch, um zu zeigen, wie sehr sie zitterte.

»Das hätte deine Mutter sein können da drin und du würdest trotzdem zittern wie Espenlaub«, entgegnete der andere Kellner.

Beide lachten nervös. In der Ecke des Fahrstuhls blieb Shinohara für sich. Seine Gedanken überschlugen sich, um die Informationen zu verarbeiten, die er gesammelt hatte.

Er schlug den Absacker in Renas Wohnung aus und ging direkt nach Hause. Er musste Asakawas Boten abpassen. Dieses Mal war es der kleine Junge, der oft auf den Stufen vor seinem Apartment saß. Der Junge hockte auf seinem üblichen Platz, auf seinem T-Shirt waren Essensspuren und auf seinen Shorts Grasflecken. Eine seiner Sandalen fehlte, aber das schien ihn nicht zu stören.

»Danke«, sagte Shinohara auf Chinesisch und nahm den Umschlag aus der ausgestreckten Hand des Jungen. Als der die Hand nicht senkte, wühlte Shinohara in seinen Taschen und fand etwas Kleingeld.

»Geh nach Hause«, sagte er und drückte dem Kind drei Münzen in die Hand.

Der Junge strahlte, als er die glänzenden Münzen sah, und rannte davon, aus dem Gebäude und die Straße hinunter.

Shinohara steckte den Umschlag in seine Tasche. Als er in seiner stickigen kleinen Wohnung war, öffnete er ihn endlich und warf einen Blick hinein.

Die ordentlich mit einem Füller geschriebene Nachricht besagte, er solle improvisieren, wenn ein kleiner Zwischenfall die Party unterbrach. Ihm würde nur sehr wenig Zeit bleiben, um seine Aufgabe zu erfüllen. Unter diesen Zeilen stand in kleinerer Schrift eine weitere Nachricht.

Mitsuras Leiche wurde heute Morgen in einem Ölfass in einem verlassenen Lagerhaus in Yokohama gefunden. Laut Gerichtsmedizin ist er vor fünf Tagen gestorben.

Shinohara warf die Nachricht ins Waschbecken und ließ Wasser darüber laufen, bis die Tinte verschwamm und der Text weggewaschen wurde. Er knüllte das nasse Papier zusammen und spülte es die Toilette hinunter. Während er zusah, wie der Wasserstrudel es mitriss, grübelte er darüber nach, was Mitsuras Ermordung zu bedeuten hatte. Es gab eine Verbindung, die er nicht ganz herstellen konnte. Reis weiteres Schicksal hing davon ab. Er konnte nur hoffen, dass Mitsura von einem Freund oder Verwandten eines seiner früheren Opfer ermordet worden war. Dass das Karma den aalglatten Mittelsmann schließlich doch erwischt hatte. Aber tief in seinem Inneren glaubte Shinohara das selbst nicht.

Er sah, wie die »Herde« in den Ballsaal geführt wurde, wo er und die anderen die Bar aufbauten. Er zählte zwanzig von ihnen –

zwölf Frauen und acht Männer. Sie waren in ihren Zwanzigern – schön und strahlend, auch wenn die meisten von ihnen verängstigt wirkten. Es war eine interessante Truppe – auch der blonde junge Mann vom Vortag war unter ihnen.

Sie saßen in einer Gruppe zusammen und lauschten einem permanent finster dreinblickenden Mann. Shinohara konnte nicht hören, was gesagt wurde, aber wahrscheinlich ging es um die einfache Etikette, die sie einzuhalten hatten, wenn sie sich jemandem anboten, dessen gesellschaftlicher Status so hoch war, dass sie nie an ihn heranreichen würden. Shinoharas bereits zum Zerreißen gespannte Nerven wurden zusätzlich auf die Probe gestellt, als er bemerkte, dass Rei nicht dabei war. Außer dem blonden Jungen waren alle Japaner. Er sah immer wieder hin, doch keiner von ihnen war Rei.

»Konzentrier dich, Shinohara«, mahnte der Barkeeper, mit dem er zusammenarbeitete, und stieß ihm mit dem Ellbogen in die Seite, als er mitten in der Bewegung, die Sektflöten aus dem Abtropfgitter zu nehmen, innehielt.

»Entschuldigung, Asami«, sagte er und setzte sich wieder in Bewegung. »Ich bin nur ein wenig … überwältigt. So was habe ich noch nie gesehen.«

Der Barkeeper zuckte nur mit den Schultern.

»Es ist immer der gleiche Scheiß, nur die Arschlöcher und Muschis sind jeden Monat andere«, meinte Asami. »Ist ja nicht so, als ob wir kleinen Aushilfen mal kosten dürften.«

»Klar«, sagte Shinohara. »Aber es ist interessant, sich schöne Dinge anzusehen.«

»Ich bin zu alt und abgestumpft, um über Dinge zu fantasieren, die ich ohnehin nicht haben kann«, erwiderte Asami. »Ich sage allen Neuen, was ich dir jetzt sagen werde: Egal was passiert, zeig nicht, was in deinem Inneren vorgeht. Und egal was du tust, versuch nicht, dich einzumischen.«

»Was genau passiert bei diesen Partys?«

»Das Schlimmste, was Menschen sich gegenseitig antun können«, erwiderte Asami. Er blickte sich um, um sicherzustellen, dass niemand mithören konnte. »Morgen früh werden alle zwanzig entweder tot sein oder in irgendeinen drittklassigen Puff abgeschoben, wo sie vielleicht noch ein paar Monate weiterleben, bevor irgendeine Krankheit oder eine Überdosis sie umbringt.«

»Keins dieser Betthäschen wird behalten?«

»Der Boss mag keine Gebrauchtwaren«, erklärte Asami. »Und die Kunden wollen neues Spielzeug … und vielleicht auch mal eine Jungfrau, die sie einreiten können. Niemand will einen Monat später noch den Abfall auf der Karte sehen. Diesen armen Seelen wurde wahrscheinlich versprochen, dass sie sich einen der reichen Mistkerle angeln können, wenn sie nur schön brav die Beine breit machen. Wenn die die Wahrheit wüssten …«

»Es könnte also sein, dass ich heute Nacht ein, zwei Morde mitansehen werde?«

»Wenn du Glück hast, sind es wirklich nur ein oder zwei«, entgegnete Asami.

Es war schon nach acht, als die ersten namhaften Herren eintrafen. Einige kamen mit ihrer eigenen Begleitung, doch die meisten waren allein. Alle mussten ihre Bodyguards und Entourage einen Stock tiefer zurücklassen. Es gab wenig soziale Interaktion. Die meisten nickten sich einfach nur zu, während sie zu einem der vielen Tische geführt wurden, die im gesamten Ballsaal und um die kleine Bühne mit dem Vorhang herum standen. Als die Bestellungen hereinkamen, hatten Asami und Shinohara keine Zeit, etwas anderes zu tun, als Drinks auszuschenken, und als Shinohara das nächste Mal auf die Uhr sah, war es nach zehn.

»Brauchst du eine Pause? Das wird die einzige sein, die du in den nächsten Stunden kriegen wirst. Das hier dauert noch bis in die frühen Morgenstunden«, erklärte Asami.

Shinohara schüttelte den Kopf.

»Scheiße, ich wünschte, ich könnte jetzt eine rauchen ...«, stöhnte Asami.

»Willst du dir schnell auf dem Männerklo eine anzünden?«

»Nein, wir dürfen auf dieser Etage nicht rauchen«, seufzte Asami. »Komm, lass uns aufräumen, bevor der nächste Ansturm losgeht ... in ungefähr einer halben Stunde. Sie fangen gleich an.«

Bevor Shinohara fragen konnte, womit sie gleich anfangen würden, wurde das Licht im Raum gedimmt und die Bühne erstrahlte. Der Vorhang teilte sich und offenbarte einen jungen Mann, der gefesselt und über ein Schülerpult gebeugt war. Er trug ein Hemd, wie es Schüler in der Mittelstufe trugen, und ansonsten nicht viel. Seine Arme waren ausgestreckt und seine Handgelenke an die Tischbeine gefesselt. Sein nackter Hintern war dem Publikum zugewandt. Er war geknebelt, doch aus seiner Kehle entrangen sich immer noch Töne. Er wirkte vor Angst völlig versteinert und seine Augen schimmerten feucht.

»Die Geräusche kannst du nicht ausblenden, aber du musst nicht hinsehen«, sagte Asami und drehte sich um, um die Gläser in dem kleinen Becken zu spülen.

Shinohara starrte wie gebannt, als ein großer Mann in einem eleganten Dreiteiler die Bühne betrat. Es herrschte absolute Stille. Spannung lag in der Luft, als der Mann eine Rute aus einem großen, silbernen Ständer auswählte, der rechts neben dem Pult stand. Er sprach eloquent zum Publikum, auch wenn ihm wahrscheinlich niemand wirklich zuhörte.

»Diese wunderschönen Birkenzweige wurden in Teraokas eigenem Garten in Tokio geschnitten und für diese Eröffnungsfeier hierhergebracht«, erklärte er. Er zog einen heraus und zeigte die feuchte Gaze, in die er eingehüllt war. »Die Rinde wurde entfernt und der Zweig eingewickelt und in Salzwasser getränkt.«

Er löste die Gaze und warf sie in den Ständer.

»Es wird schmerzhafter sein als eine Bambusrute«, sagte der Mann und fuhr mit dem Birkenzweig über den nackten Hintern des Jungen. »Und wahrscheinlich mehr Schaden anrichten. Zumindest bleibt das zu hoffen.«

Vereinzelt erklang Lachen aus dem Publikum. Shinohara riss sich gerade rechtzeitig von dem Anblick los, um nicht mit anzusehen, wie der erste Hieb mit einem schallenden Knall sein Ziel traf, doch er hörte den unterdrückten Schrei, der folgte.

Asamis Mundwinkel waren angespannt, als würde er die Zähne zusammenbeißen, während er seine Aufgaben erledigte. Shinohara zuckte bei jedem einzelnen Schlag zusammen. Und es wurde nur noch schlimmer, als der Knebel entfernt wurde und die Schreie, das Weinen und das Flehen die schnellen Peitschenhiebe übertönten. Shinohara umklammerte ein Weinglas so fest, dass es in seiner Hand zersplitterte.

»Was zur Hölle machst du da?«, fuhr Asami ihn wütend an, nahm ihm die Scherben ab und ließ Leitungswasser über seine Hand laufen. Als keine Schnittwunden zum Vorschein kamen, ließ er die Hand los.

»Entschuldigung.« Mehr brachte Shinohara nicht heraus.

»Wirst du mir jetzt für den Rest des Abends ausfallen?«

Bevor Shinohara antworten konnte, riss der Feueralarm sie alle aus dieser grotesken Realität in eine andere. Shinohara starrte auf das blinkende Licht über dem Ausgang. Eine Zeitlang bewegte

sich niemand. Die Leute sahen sich nur gegenseitig an und warteten auf ein Zeichen, was sie tun sollten.

»In einem Zimmer im dritten Stock scheint ein Feuer ausgebrochen zu sein«, erklärte der Mann auf der Bühne schließlich, während er den Informationen aus dem Knopf in seinem Ohr lauschte. »Bitte begeben Sie sich in den Ballsaal im ersten Stock, bis es wieder sicher ist, zurückzukehren. Die Veranstaltungen des heutigen Abends sind nicht abgesagt.«

Die Männer klangen und wirkten verärgert, während sie den Saal verließen und in Gruppen in den ersten Stock gebracht wurden. Der Flur war überfüllt und alle drängten sich vor dem Aufzug. Shinohara schlängelte sich vorsichtig durch die Menge, bis er den Lärm hinter sich gelassen hatte und in einen Gang schlüpfte, in dem er allein war.

Er würde sich beeilen müssen. Er gab sich selbst zehn Minuten, um Rei zu finden – wenn er sich denn auf diesem Stockwerk befand –, wieder in der herausströmenden Menge zu verschwinden und hoffentlich aus dem Hotel zu flüchten, falls es Asakawa gelungen war, die Feuerwehr und die Polizei hinzuzuziehen.

Er fing bei den nicht nummerierten Zimmern an. Er hämmerte mit der Faust gegen jede Tür, um die Leute dahinter über den Notfall zu informieren, und trat dann die Tür ein, nur um einen leeren Raum vorzufinden. Beim vierten Zimmer fing sein Fuß an zu schmerzen und er folgerte, dass alle, die hier gewesen waren, vielleicht schon geflüchtet waren. Er fluchte. Dann öffnete sich eine der Türen den Flur hinunter einen Spaltbreit. Jemand spähte hinaus, doch sobald derjenige bemerkte, dass Shinohara ihn gesehen hatte, wurde die Tür zugeknallt.

»Machen Sie die Tür auf!«, rief Shinohara und trat dagegen.

Die Tür öffnete sich wieder und Shinohara erblickte dahinter einen Jungen, wahrscheinlich nicht älter als sechzehn. Er trug ein übergroßes T-Shirt, das ihm bis zu den Knien reichte. Seine Beine waren nackt und er trug nur Socken an den Füßen. Der Junge zitterte und war völlig verängstigt.

»Beruhig dich. Ich werde dir nichts tun.«

Der Junge nickte, während er sich Tränen aus den Augen wischte.

»Kennst du jemanden namens Rei, der vielleicht hier ist?«

Schweigen.

»Bist du der Einzige, der noch hier ist?«

Dieses Mal bekam er ein Nicken als Antwort.

»Guter Junge. Gibt es hier eine Treppe?«

Der Junge deutete nach links.

»Ich will, dass du runtergehst. Der Feueralarm wurde bereits ausgelöst, die Tür wird also keinen Ton von sich geben, wenn du sie öffnest. Keine Sorge, geh einfach die Treppe runter, renn aus dem Hotel und frag sofort nach der Polizei, verstanden?«

Ein Nicken. Der Junge wischte sich seine laufende Nase am Ärmel seines T-Shirts ab.

»Geh schon«, drängte Shinohara und tätschelte dem Jungen ein paar Mal den Kopf, bevor dieser sich davonmachte.

Für einen Moment stand Shinohara einfach nur da, unschlüssig, was er tun sollte, während über ihm weiter der Feueralarm schrillte. Ein Blick auf seine Uhr erinnerte ihn, dass ihm nur noch ein paar Minuten blieben.

Er ging zügig den Weg zurück, den er gekommen war, und als er um die Ecke bog, rannte er direkt in eine breite Brust. Bevor er einen Blick auf die Person werfen konnte, wurde er an der Kehle gepackt und gegen die Wand geschleudert. Seine Sicht verschwamm und als sie sich wieder klärte, blickte er auf drei Männer in identischen schwarzen Anzügen. Teraokas Männer.

»Entschuldigung, ich bin wohl falsch abgebogen«, sagte Shinohara. Der kahlköpfige, große Mann warf ihn erneut gegen die Wand.

»Neuling«, sagte einer der anderen beiden, »du bist nicht falsch abgebogen.«

Bevor Shinohara antworten konnte, wurde er losgelassen und an seinem Hemdkragen weggeschleift. Er kam sich lächerlich vor, weil er das Gleichgewicht und die Orientierung verloren hatte. Er vermutete, dass sie ihn zu Teraoka bringen würden.

Als sie die Suite erreichten, hatte das schrille Kreischen des Feueralarms aufgehört. Sobald sich die Tür öffnete, wurde Shinohara brutal hineingestoßen. Er stolperte und ging zu Boden. Als er aufblickte, sah er, dass Teraoka an einem Tisch saß. Seine Miene wirkte besonders finster. Für einen Moment starrten sie sich nur schweigend an.

»Dein Junge ist nicht mehr hier«, sagte Teraoka schließlich.

»Ich weiß nicht, wovon Sie reden«, erwiderte Shinohara. »Sir.«

»Ich erkenne immer, wenn wir einen Bullen in unseren Reihen haben«, erklärte Teraoka. »Ich kann sie riechen … selbst die, die noch grün hinter den Ohren sind. Eins meiner angeborenen Talente in diesem Geschäft.«

Shinohara zog seine Beine an und kam auf die Füße. Als die Männer auf ihn zugehen wollten, gab Teraoka ihnen ein Zeichen, sich zurückzuhalten.

»Verschwindet«, befahl er ihnen.

Die drei Männer wirkten zögerlich, doch sie gingen und schlossen die Tür hinter sich.

»Die Dinge haben eine natürliche Reihenfolge, eins führt zum anderen«, sagte Teraoka. »Mitsura war so dumm, mir jemanden

zu bringen, der unerwünschte Aufmerksamkeit auf meine Geschäfte gelenkt hat. Es war unvermeidlich, dass Papa jemanden schicken würde, um seinen kleinen Liebling zu holen.«

»Bestimmte Leute würden Sie nicht mehr belästigen, wenn Sie Rei gehen lassen.«

»Glaubst du wirklich, dass selbstherrliche Wichtigtuer so denken?«, fragte Teraoka mit einem Lächeln. »Der Vater des Jungen wurde gedemütigt, weil sein Sohn von einem drittklassigen Playboy übers Ohr gehauen wurde, und der Sohn wurde dadurch gedemütigt, dass er übers Ohr gehauen wurde. Als er hier aus dem Flieger gestiegen ist, musste er erkennen, dass sein Arsch das Einzige von Wert ist – und an diesem Ort nicht mal der besonders viel. Die Tatsache, dass du hier bist und glaubst, dass du ihn einfach mitnehmen kannst, ist der beste Beweis.«

»Sein Vater will nur seinen Sohn zurück.«

»Sein Vater will, dass niemand erfährt, dass sein Sohn ihm Schande gemacht hat«, erwiderte Teraoka. Er schob seinen Stuhl zurück und stand auf. »Aber ich habe gehört, dass er ein ziemlich guter Fick war.«

»Wo ist er?«

Teraoka trat auf ihn zu. Shinohara blieb standhaft und weigerte sich, zurückzuweichen, obwohl er wegrennen wollte, so schnell ihn seine Beine trugen. Er war noch nie jemandem begegnet, der so überwältigend und einschüchternd wie Teraoka war. In diesem

Moment verstand er, warum Wong und Rena Angst vor ihm hatten. Es war ein Instinkt.

»Ich denke, du solltest dir mehr Sorgen um dich selbst machen«, sagte Teraoka.

Mit einer schnellen Bewegung packte Teraoka Shinohara am Hemd und warf ihn durch den Raum. Mit dem Rücken prallte Shinohara heftig gegen eine Vitrine aus Kirschholz, auf der kleine Skulpturen standen. Bei seinem Aufprall zerbrach das Glas in einer der Türen und eine der Skulpturen fiel um. Shinohara war benommen. Bevor er sich erholen konnte, trat Teraoka ihm fest in den Bauch. Die Stahlkappe in seinem Schuh fühlte sich an, als sei sein Oberkörper von einem Vorschlaghammer getroffen worden. Der Tritt trieb ihm die Luft aus den Lungen. Für einen Augenblick war der Schmerz so heftig, dass er nicht atmen konnte.

»Du dummes, kleines Arschloch! Hast du wirklich geglaubt, dass du einfach so in mein Haus marschieren und mir meine Sachen wegnehmen kannst, ohne dass das Konsequenzen haben würde?«

Shinohara wurde an den Haaren auf die Füße gezogen und dieses Mal auf einen Teppich geschleift, wo er fallen gelassen wurde. Er war benommen, der Raum drehte sich mit einer irren Geschwindigkeit. Sein Atem ging schnell und stoßweise.

»Ein Hund sollte auf dem Boden gevögelt werden«, sagte Teraoka hinter ihm. Seine Stimme klang nun tiefer und rauer. Als er hörte, wie ein Gürtel geöffnet wurde, blickte Shinohara über seine Schulter.

»Verdammte, ungezogene Schlampe«, knurrte Teraoka und trat Shinoharas Knöchel auseinander.

Shinohara schaffte es, ein paar Meter vorwärts zu kriechen. Mit einer Hand hatte er gerade den kalten Marmorboden erreicht, als Teraoka ihm sein Knie ins Kreuz rammte.

»Wo willst du denn hin?«, fragte Teraoka und verlagerte sein Gewicht auf das Knie, bis Shinohara aufhörte, sich zu bewegen. »Du und ich werden uns richtig gut amüsieren, Shinohara. Genau die Art von Spaß, für die viele Männer richtig gutes Geld bezahlen. Ganz genau die Art von Spaß, die du und deine Leute ihnen gerade verdorben habt.«

»Runter von mir!« Das waren die einzigen Worte, die er schreien konnte, auch wenn keine wirkliche Kraft dahintersteckte. Zum ersten Mal in seinem Leben hatte er Angst. Dieser Schmerz machte es ihm fast unmöglich, sich zu wehren. Es war purer Instinkt, der ihn zum Kämpfen antrieb, aber er war gefangen und eine Furcht, von der er nicht gewusst hatte, dass sie existierte, hatte ihn ergriffen.

»Ich kann auch die Jungs rufen, damit sie dich festhalten«, erklärte Teraoka und zog ihm die Hose aus. »Ich bin allerdings ziemlich sicher, dass sie dann später auch mal ranwollen.«

Shinohara konnte nur Beleidigungen ausstoßen und Teraoka verfluchen, während die Situation immer mehr seiner Kontrolle entglitt. Er schrie in die rauen Fasern des Teppichs, als Teraoka hart und gnadenlos in ihn stieß.

»Warst du noch nie mit einem Mann zusammen?«, fragte Teraoka atemlos. Seine Hände umklammerten Shinoharas Hüften so fest, dass sie blaue Flecken hinterließen. »Du solltest mir für das Privileg danken, dass ich dein erster bin.«

Tränen stiegen Shinohara in die Augen und trübten seine Sicht. Er fluchte wieder, statt zu schreien. Es war schwierig, die Schreie zurückzuhalten, während sein Inneres aufgerissen wurde.

»Ich frage mich, wen sie schicken würden, um dich rauszuholen«, sagte Teraoka und betonte seine Worte mit besonders harten Stößen, »wenn ich deinen Arsch hier anbieten würde.«

»Du solltest mich besser umbringen, wenn du fertig bist«, warnte Shinohara, seine Stimme heiser vor Wut. »Sonst werde ich dich finden und töten.«

Teraoka beugte sich vor und leckte langsam über die Seite von Shinoharas Hals.

»Ich wäre fast gekommen, als du das gesagt hast.« Sein Atem strich warm über Shinoharas Ohr, als er die Worte aussprach. »Weißt du, ich wollte dich gestern schon ficken. Herausfinden, wie du aussiehst, wenn ich dir dieses überhebliche Lächeln mit meinem Schwanz tief in deiner Kehle aus dem Gesicht gewischt habe.«

Shinohara ballte die Hände zu Fäusten. Seine Nägel gruben sich in seine Handflächen, bis er sich auf diesen kleinen Schmerz konzentrieren konnte. »Warum versuchst du das jetzt nicht?«, stöhnte er und schluckte die Schreie hinunter, die drohten, aus seiner Kehle auszubrechen.

Teraoka zog sich zurück – die Trennung ließ Shinohara erschaudern und die plötzliche Leere schmerzte.

»Tapferer kleiner Scheißer«, sagte Teraoka und drehte ihn um. Seine Knie stemmten sich gegen die Innenseiten von Shinoharas Oberschenkeln, um sie gespreizt zu halten. »Du willst mich immer noch beißen, obwohl du wie eine Frau gefickt wirst?«

Bei diesen Worten lag ein amüsiertes Grinsen auf Teraokas Gesicht. Die Zornesröte stieg Shinohara ins Gesicht und er holte mit der Faust aus. Der Schlag kam nicht einmal in die Nähe von Teraoka und der ließ die Hand an sich vorbeirauschen, ohne auch nur den Versuch zu machen, sie abzufangen oder abzuwehren.

»Ich bin normalerweise nicht so erregt«, erklärte Teraoka, legte seine Hand um Shinoharas Hals und drückte zu. »So viel Spaß hatte ich seit Jahren nicht mehr.«

Seine abgehackten Worte waren nicht mehr als ein Hauchen, während sich die Hand immer fester um Shinoharas Kehle schloss, bis er nicht mehr atmen konnte. Er konnte nicht einmal einen Ton von sich geben, als Teraoka seinen Schwanz wieder in ihn schob und der heftige Schmerz seinen Körper verkrampfen ließ.

»Ich werde dir den besten Orgasmus schenken, den du je in deinem Leben haben wirst, Shinohara.« Teraokas Stimme war

heiser und seine Augen waren vor Erregung weit aufgerissen. »Du wirst so hart kommen, dass du glaubst, du müsstest sterben.«

Teraoka drängte sich brutal in ihn und schien mit jedem Stoß tiefer einzudringen. Während sein ganzer Körper durchgeschüttelt wurde, war sich Shinohara des Schmerzes und der schrecklichen Erfahrung, nicht atmen zu können, vage bewusst. Er krallte verzweifelt nach der Hand, die seinen Hals umklammert hielt und nicht loslassen wollte, und musste erkennen, dass er Teraoka hilflos ausgeliefert war.

»Wenn du für mich kommst oder mich zum Höhepunkt bringst, lasse ich los«, versprach Teraoka. Seine Stimme schien von weit her zu kommen und klang blechern. Es folgte ein Lachen. »Noch fünf Minuten ohne Sauerstoff und du bist hirntot … Kannst du die Uhr besiegen?«

Die Worte ergaben keinen Sinn in seinem Kopf. Er spürte einen unangenehmen Griff um seinen Schwanz, dann wurde daran gezogen. Undeutlich registrierte er Teraokas Beschwerde über seine mangelnde Erektion und die Behandlung wurde rauer. Sie war genauso schmerzhaft wie der dicke Schaft, der in ihn rammte, und erschütterte sein ganzes Wesen.

»Ich glaube nicht, dass du ihn für mich hochkriegst.« Teraokas Stimme klang angespannt. »Also solltest du besser deinen Arsch bewegen und mich zum Höhepunkt bringen, wenn du nicht sterben willst.«

Die Worte waren nur ein weit entferntes Flüstern. Shinohara spürte, wie die Hand, die ihn würgte, ihren Griff noch verstärkte und seine Kehle zerquetschte. Er starrte hinauf in Teraokas gerötetes Gesicht. Schweißtropfen standen auf seinen Schläfen. Der Mann sah aus wie ein Monster – und das war alles, was er noch sehen konnte.

Shinohara hatte keine Kraft mehr. Seine Sehkraft schwand. Er konnte spüren, wie sein Körper erschlaffte und seine Arme an seine Seiten fielen. In diesem Moment beschloss er, dass es ihm egal war. Es war ihm egal, was mit ihm geschehen würde oder ob er sterben würde. Er wollte einfach nur nicht mehr leiden.

Er hörte, wie Teraoka leise fluchte, und dann war alles still. Sein Körper riss ihn aus der Dunkelheit zurück. Er hustete fürchterlich – seine Kehle und seine Brust schmerzten schrecklich, während er nach Luft schnappte, als er plötzlich wieder atmen konnte. Seine Lungen sogen gierig die Luft tief ein, was seinen Hustenanfall nur noch schlimmer machte.

Teraoka warf ihm ein schiefes Grinsen zu, während er seinen Kampf beobachtete. Die tiefroten Würgemale um Shinoharas Hals fingen bereits an, sich lila zu verfärben.

»Ein süßes Hundehalsband für meine kleine Schlampe«, sagte Teraoka und beugte sich herab, um mit der flachen Zunge über den Bluterguss zu lecken. Shinohara wand sich unter der Berührung. Er brachte nicht einmal die Kraft auf, seine Arme zu heben, um Teraoka wegzustoßen.

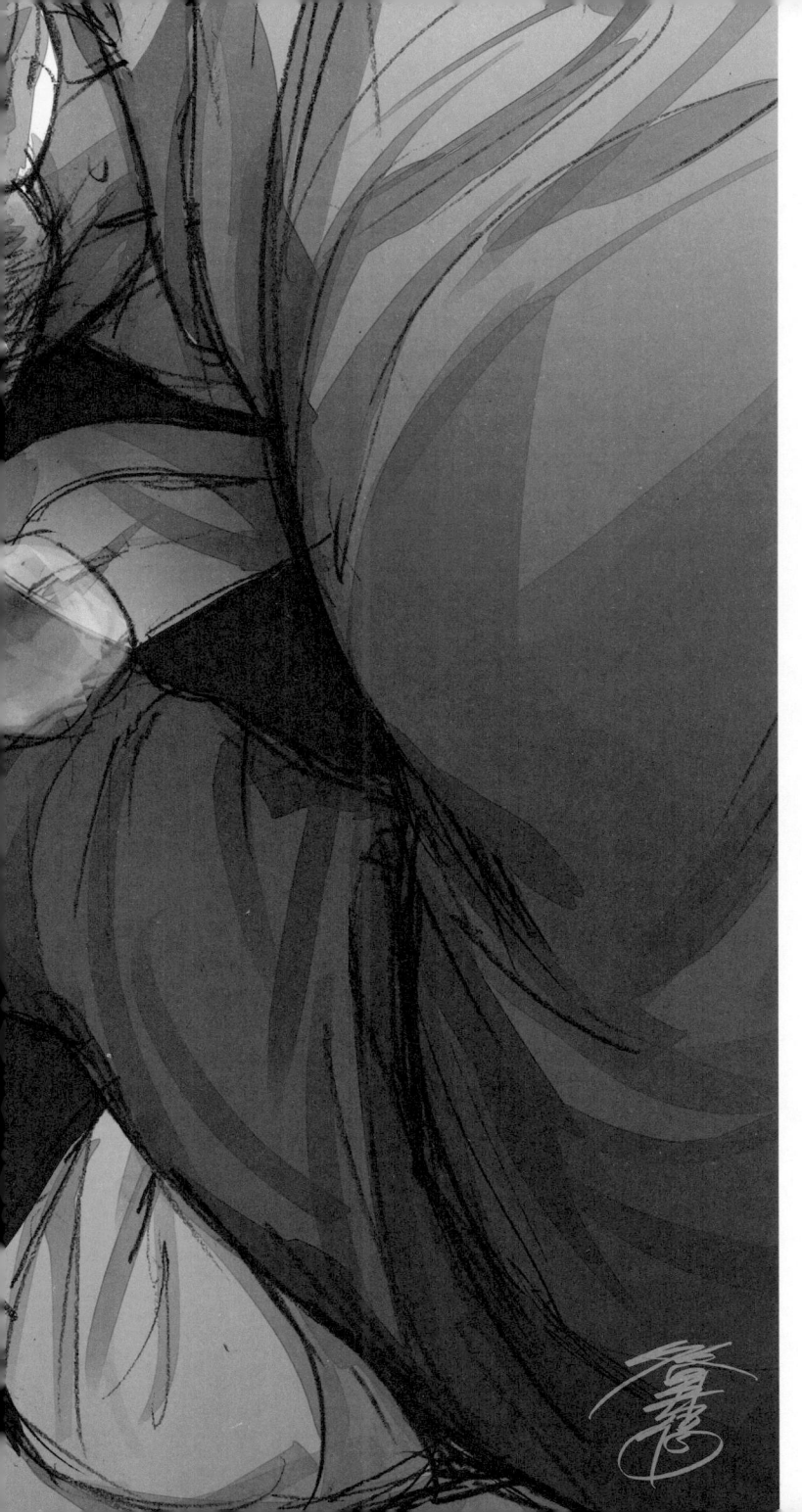

»Hat sich das gut angefühlt?«, fragte Teraoka. Er hielt Shinohara am Kinn fest. »Ich hab kräftig in dir abgespritzt.«

»Ich schwöre … ich werde … dich … töten …« Die Worte waren nur ein atemloses Krächzen. Doch es machte Teraoka glücklich, sie zu hören.

»Schön, dass du noch in der Stimmung bist, ein wenig weiterzuspielen.« Teraokas Zunge fuhr langsam über Shinoharas Unterlippe. »Ich kann noch eine ganze Weile weitermachen.«

Er richtete sich auf und zwang Shinoharas Knie noch weiter auseinander. Es kam zu einem weiteren, wenn auch nur halbherzigen Kampf, als Shinohara versuchte, von ihm wegzukriechen.

»Du kannst nichts anderes tun, als dazuliegen und es über dich ergehen zu lassen,« sagte Teraoka. Das Lächeln war verschwunden und er hatte die Stimme gesenkt. »Ich bin kein sehr geduldiger Mann. Wenn du dich wehren willst, breche ich dir erst die Arme und ficke dich dann – verstanden?«

Shinoharas Körper befolgte die Anweisung, bevor sein Verstand sie verarbeitet hatte. Es war eine Art Überlebensinstinkt, auch während sein Verstand noch versuchte, sein Ego zu beschützen. Er lag reglos da, seine Brust hob und senkte sich schnell. Er mühte sich immer noch ab, zu Atem zu kommen. Immer wieder verschwamm seine Sicht.

»Guter Junge«, lobte Teraoka und spreizte Shinoharas Eingang mit zwei Fingern, bevor er eindrang. Er seufzte, als Shinohara das Gesicht verzog, sich aber weigerte, einen Ton von sich zu geben.

»Ich werde dieses Mal zärtlicher sein«, versprach Teraoka. In diesem Moment wich seine bedrohliche Miene wieder einem Lächeln. »Wir wollen doch nicht, dass du an dein erstes Mal nur schlechte Erinnerungen hast, oder?«

Shinohara musste sich auf die Unterlippe beißen, um sich einen Kommentar zu verkneifen, der Teraokas Wut vermutlich erneut entfacht hätte. Irgendwo in einer fernen Ecke seines Verstandes erinnerte er sich dunkel, dass er eigentlich wegen jemand anderem hier war. Er musste für Rei am Leben bleiben. Die Chancen, dass Teraoka ihm verraten würde, wo er Rei versteckt hatte, standen mehr als schlecht, aber es war seine einzige Hoffnung.

Er musste den Schmerz und die Erniedrigung überstehen. Wenn schon nicht für sich selbst, dann für Rei.

Teraoka ragte über ihm auf, seine Hände waren rechts und links von Shinoharas Kopf aufgestützt. Der Mann starrte auf ihn herab, während er mit sanften Bewegungen in ihn stieß, als würde er versuchen, einen Punkt in seinem Inneren zu finden, der eine körperliche Reaktion hervorrufen würde.

Shinohara kniff die Augen zu.

»Wende nicht den Blick ab oder mach die Augen zu«, warnte Teraoka. »Du wirst mich ansehen, bis ich mit dir fertig bin.«

Nur äußerst widerwillig öffnete Shinohara seine Augen.

»Ich will, dass du dich erinnerst, wie ich mich in deinem Inneren anfühle und wie ich aussehe, während ich dich ficke«, sagte Teraoka. »Ich will, dass du für den Rest deines Lebens an mich denkst.«

Und das waren die letzten Worte Teraokas, an die er sich erinnern konnte.

Als Shinohara zu sich kam, lag er nackt auf dem Boden einer Dusche und ein beständiger Wasserstrahl wusch über ihn hinweg. Ein Reisewecker auf dem Schrank neben dem Waschbecken hatte ihn geweckt. Sein nervtötendes Summen war das Einzige, was ihn davon abhielt, wieder in die Bewusstlosigkeit abzudriften.

Er wusste nicht, wie lange er dagelegen hatte, aber selbst nachdem er das Bewusstsein wiedererlangt hatte, konnte er sich noch eine ganze Zeitlang nicht dazu bringen, sich zu bewegen. Sein ganzer Körper bestand nur aus Schmerz. Und jede Bewegung ließ das verzehrende Brennen in seiner unteren Körperhälfte erneut aufflammen. Nur mit purer Willenskraft gelang es ihm, sich auf die Knie aufzurappeln, um eines der gefalteten Handtücher von dem Messingregal zu ziehen.

Er fluchte innerlich, während er sich abtrocknete und sich auf die Füße zog. Selbst die vorsichtigen, kleinen Schritte, die er machte, waren die Hölle. Er fand sein Gleichgewicht und trat aus dem Badezimmer in den Hauptraum der Suite. Alles war still. Das Zimmer war leer. Die einzigen Hinweise auf das, was vor Stunden hier geschehen war, waren seine auf dem Teppich verstreuten Kleider und der kaputte Schrank, in den er geworfen worden war.

Er hob seine Barkeeper-Uniform auf – schwarze Hosen, ein weißes Hemd und eine schwarze Weste – und zog sich an. Ein Zettel ragte halb aus seiner Westentasche. Er las die kurze Nachricht:

Du kannst deinen Jungen haben. Als Bezahlung für deine Jungfräulichkeit.

Darunter standen eine Adresse und eine Uhrzeit. Er hatte weniger als eine Stunde, um dort hinzugelangen. Teraoka hatte diesen Schachzug genauestens geplant – er hatte den Wecker so gestellt, dass ihm gerade genug Zeit blieb, um den angegeben Treffpunkt zu erreichen, aber nicht, um Verstärkung zu rufen. Doch das alles ergab keinen Sinn – diese Falle war umsonst, wenn sie ihn jetzt einfach unbehelligt aus dem Hotel spazieren ließen und er am Leben blieb. Teraoka hätte ihn genauso gut töten und im Hotel entsorgen können.

Shinohara zog sich fertig an. Der Schmerz war fast vergessen, als er aus dem Zimmer und zum Fahrstuhl eilte. Er kam an den Männern in den Anzügen vorbei, doch niemand schenkte ihm Beachtung.

Er erkannte, dass es fast sechs Uhr morgens war, als er im Erdgeschoss aus dem Fahrstuhl stieg und draußen der Morgen anbrach. Außer einer Rezeptionistin, die am Empfang stand, war die Lobby verlassen.

Er schlüpfte in den Umkleideraum und öffnete seinen Spind. Er war überrascht, dass seine Brieftasche, sein Mantel und sein Handy noch da waren. Ein Blick auf sein Telefon verriet ihm, dass er eine Menge Anrufe von Sumi und Jane verpasst hatte. Sogar Rena hatte versucht, ihn zu erreichen. Shinohara zog seinen Mantel an und steckte das Telefon in die Tasche. Aus seiner Brieftasche zog er den Schlüssel, den Asakawa ihm gegeben hatte.

Shinohara musste feststellen, dass es schmerzhaft war, sich zu zwingen, normal zu laufen, um keine unangenehmen Fragen zu erregen, warum er sich wie ein verkrüppelter alter Mann vorwärtsschleppte. Es gelang ihm, seinen Schmerz gut genug zu verstecken, um die junge Frau am Empfang nicht zu beunruhigen.

»Kannst du mir das hier bitte holen?«, fragte Shinohara und legte den Schlüssel auf den Tresen vor der Rezeptionistin. Sie war verwundert, Shinohara zu sehen, doch dann nickte sie nur und verschwand mit dem Schlüssel im Hinterzimmer.

Die Frau kehrte mit einer Samtschatulle, wie Asakawa sie beschrieben hatte, zurück. Shinohara dankte ihr.

»Was machst du denn so früh schon hier?«

»Ich hab gestern Abend vergessen, das hier für einen Freund abzuholen«, erwiderte Shinohara und schenkte ihr ein Lächeln. »Ich wollte es ihm heute Morgen geben.«

Das Mädchen nickte nur und wünschte ihm einen schönen Tag, als Shinohara hinausging und in eins der Taxis stieg, die vor dem Hotel warteten.

Shinohara faltete den Zettel so, dass er dem Fahrer die Adresse zeigen konnte, ohne dass er die persönliche Botschaft sah. Dann rief er Asakawa an.

»Kommen Sie zu der Adresse, die ich Ihnen schicke, sobald ich aufgelegt habe«, sagte Shinohara, nachdem Asakawa abgenommen hatte. »Und Sie sollten vielleicht ein paar Freunde von hier mitbringen. Ich weiß nicht, was das für ein Ort ist.«

»Was ist mit Ihnen passiert?«

»Ich habe jetzt keine Zeit, darüber zu reden. Ich habe eine Nachricht erhalten, die besagt, dass ich um sechs Uhr dreißig dort sein soll. Ich bin gerade vom Hotel aus dorthin unterwegs.«

»Seien Sie kein Idiot. Warten Sie auf Verstärkung.«

»Mir wird nichts passieren, Herr Asakawa«, erwiderte Shinohara. »Sonst wäre es längst geschehen.«

Die Adresse gehörte zu einer leer stehenden Fabrik, in deren Umgebung einige Hütten standen. Der Fahrer nahm sein Geld entgegen und verschwand. Er weigerte sich, auf ihn zu warten. Shinohara warf einen Blick auf die Uhr auf seinem Handy. Er war sechs Minuten zu spät dran. Er starrte noch einen Moment das heruntergekommene Gebäude an, bevor sich seine Hand um die Waffe in seiner Tasche schloss und er sich zwang, darauf zuzugehen.

Der einzige Zugang war eine verrostete Metalltür und er musste sich dagegenstemmen, um sie weit genug aufzudrücken, dass er hindurchgehen konnte. Eine Zeitlang begriff Shinohara nicht, was das, was er hier gerade sah, zu bedeuten hatte.

Auf dem freigeräumten Betonboden der Fabrik stand eine einsame Holzkiste. Darüber hing eine eingeschaltete Glühbirne, die ihre Oberseite beleuchtete. Shinohara lauschte und hielt nach Bewegungen Ausschau. Außer dem gelegentlichen Krächzen von Vögeln und dem Verkehrslärm in der Ferne hörte er nichts.

Shinohara atmete tief durch, zog seine Waffe aus seiner Tasche und ging mit vorsichtigen, bedachten Schritten auf die Kiste zu.

Es war sieben Uhr dreißig, als Asakawa in einem von drei Polizeiautos eintraf. Es war bereits hell und ein paar der Bewohner einer Barackensiedlung in der Nähe standen an ihren Fenstern und beobachteten die Polizei.

»Sind Sie da drin, Shinohara?«, rief Asakawa durch den schmalen Spalt der Metalltür.

Es kam keine Antwort.

Asakawa bedeutete den uniformierten Polizisten, das Gebäude zu umstellen, und sobald er das Signal von einem von ihnen erhielt, trat er mit gezogener Waffe durch den Spalt. Er senkte sie, als er sah, dass Shinohara auf dem Boden saß und mit dem Rücken an einer Holzkiste lehnte, deren Deckel geöffnet war.

»Geht es Ihnen gut?«

Shinohara antwortete nicht. Sein Blick schien auf irgendeinen weit entfernten Punkt gerichtet zu sein. Er schien Asakawa überhaupt nicht zu bemerken, selbst als dieser näher kam und sich vor Shinohara hockte.

»Sind Sie verletzt?«

Als Antwort vernahm Asakawa ein kaum hörbares Flüstern.

»Es tut mir leid, ich habe versagt ...«

Asakawa verzog das Gesicht. Er stand auf und blickte in die Kiste.

Zwischen Plastikbeuteln mit geschmolzenem Eis lag die Leiche des jungen Mannes, wegen dem sie hergekommen waren. Sein nackter Körper war in einer fötalen Position zusammengerollt, die Knie eng an seine Brust gezogen. Er war verprügelt worden – die Blutergüsse stachen auf seiner blassen Haut deutlich hervor. Seine Augen waren halb geschlossen und in ihnen lag ein fast resignierter Ausdruck. Sein Kopf war zur Seite geneigt und ruhte auf einer Schulter. Das offenbarte, wie er vermutlich

gestorben war: In seinem Hals klaffte eine Wunde – tief genug, dass man in seine Kehle blicken konnte.

Asakawa fluchte und legte den Deckel wieder auf die Kiste.

»Sie sehen gar nicht gut aus«, sagte Asakawa sanft und ging wieder in die Hocke, um auf Augenhöhe mit Shinohara zu sein. Er nahm Shinohara die Waffe aus der Hand und steckte sie ein. »Wir lassen Sie durchchecken und dann geht's ab nach Hause.«

Shinohara schien ihn gar nicht zu hören, obwohl er stumpf nickte. Auch als man ihm auf die Füße half und ihn aus der Fabrik führte, murmelte er immer noch seine Entschuldigungen.

Zwanzig Minuten nachdem der Flieger abgehoben hatte, ergriff Asakawa das Wort: »Die Autopsie wird das wahrscheinlich bestätigen, aber ich bin ziemlich sicher, dass Rei schon tot war, als Sie vor vier Tagen aus dem Flieger gestiegen sind. Rei war ein privilegierter Junge, und genau das ist ihm zum Verhängnis geworden. Sobald sie rausgefunden hatten, wer er war, mussten sie ihn loswerden.«

Shinohara starrte auf das Bordmagazin, das aufgeschlagen auf seinem Schoß lag. Er schwieg.

»Wahrscheinlich haben sie die Leiche aufbewahrt, um die Organe zu verhökern, aber Teraoka musste sie Ihnen überlassen, um die Ermittlungen zu stoppen.«

»Ich weiß.«

»Teraoka konnte Sie nicht aus dem Weg räumen, ohne weitere Polizisten auf den Plan zu rufen.«

»Auch das weiß ich«, erwiderte Shinohara. Er wandte sich Asakawa zu und lächelte schwach. »Vom Verstand her weiß ich das alles, aber der Rest von mir ist da noch nicht ganz angekommen.«

»Sie werden gute Arbeit leisten«, sagte Asakawa. »Unglücklicherweise muss man diese Art von Schmerz kennen, um ein guter Polizist zu werden.«

»Ich hätte auf meine Mutter hören und Buchhalter werden sollen«, entgegnete Shinohara und lehnte sich zurück, bis er an die Kabinendecke blickte. »Zu dumm, dass ich beschissen in Mathe bin.«

»Sie haben noch Ihr ganzes Leben vor sich.« Asakawa tätschelte ihm die Schulter. »Und ich für meinen Teil bin froh, dass Sie kein Angestellter mit schlechten Mathekenntnissen geworden sind.«

Shinohara schloss die Augen und schwieg eine Weile lang. Er sprach erst wieder, nachdem die Flugbegleiter mit dem Getränkewagen vorbeigekommen waren. Asakawa hatte Bier für sich und Shinohara bestellt.

»Würden Sie ein gutes Wort für mich einlegen, alter Mann?«

Asakawa öffnete seine Bierdose und nahm einen kräftigen Schluck.

»Nennen Sie mich nicht alt, Kleiner.«

»Entschuldigung, *Fräulein* Sumi«, erwiderte Shinohara und nahm die Dose, die auf dem Tischchen vor ihm stand. »Ich hatte vergessen, wie schwierig Frauen in den Wechseljahren werden.«

Asakawa stieß mit Shinohara an.

»Darauf ein Amen«, entgegnete Asakawa und nahm noch einen Schluck.

»Woher wusste er, dass Sie ein Polizist sind?«, fragte Asakawa nach einem kurzen Schweigen. Seine Stimme hatte sich verändert. Sie klang weicher, müde.

Shinohara drehte die Dose langsam in seiner Hand und starrte auf sein verschwommenes Spiegelbild auf dem dunklen Monitor vor sich. Statt zu antworten, stieß er ein Seufzen aus.

»Er wusste es einfach«, sagte er.

»Gibt es noch irgendetwas, das Sie mir erzählen sollten?«

Shinohara trank aus seiner Dose und schenkte Asakawa dann ein Lächeln.

»Nein.«

Die Mundwinkel des alten Mannes verhärteten sich, als müsste er sich zurückhalten, auszusprechen, was ihm auf der Zunge lag. Er nickte und ließ es dabei bewenden.

»Eines Tages werden wir Teraoka vernichten, okay, Kleiner?«

»Klar«, erwiderte Shinohara. Mit diesem einen Wort war für ihn alles gesagt.

In seiner Hosentasche hatte er die Nachricht, die Teraoka ihm im Hotel hinterlassen hatte. Die Nachricht, von der er Asakawa nichts erzählt hatte. Das kleine Stück Papier, das seine gesamte Zukunft definieren sollte.

Postscript
Die Entstehung des Covers, Charakterdesigns & Freetalk

Die Entstehung des Covers
Kommentiert von TogaQ & Kichiku Neko

K. Neko: Als ich Hongkong als Schauplatz gewählt habe, hatte ich nicht bedacht, wie viel Recherche wir betreiben müssten, wenn wir diese Geschichte veröffentlichen wollten. Ich habe die Geschichte als Geschenk geschrieben und um zu sehen, ob sie funktionieren würde. Der Schauplatz fühlte sich einfach richtig an, da der Gegenspieler sein Geld und seine Ressourcen nicht verschwenden würde, um sich seinen Anteil am Geschäft in Tokio zu erkämpfen, sondern stattdessen in anderen Gewässern fischen würde. Ich war noch nie in Hongkong und das Wenige, was ich darüber wusste, stammte aus gelegentlichen Meldungen in den Nachrichten und aus Filmen.

Und dann haben wir Anfang des Jahres beschlossen, die Novel zu veröffentlichen.

TogaQ: Es war auch für mich das erste Mal. Ein Freund wollte uns begleiten und wir hatten dieses Jahr einen Spontanbesuch geplant …

K. Neko: Im verdammten August! Es gibt *heiß* und dann gibt es *schmelzofenheiß*.

TogaQ: Man muss für seine Kunst leiden. Ich habe Hongkong wirklich geliebt. Es gibt dort dieses seltsame Ungleichgewicht zwischen der Dekadenz der Superreichen und den heruntergekommenen Armen. Ich finde das wunderschön.

K. Neko: Hast du mir nicht erzählt, dass du Fotos vom Müll gemacht hast?

Erstes Coverkonzept

TogaQ: Ja. Ich finde, es liegt mehr Schönheit in Chaos und Unordnung als in etwas, das geschaffen wurde, um bewundert und begehrt zu werden. Künstliche Schönheit ist nett anzusehen, aber sie hat keine Persönlichkeit.

Was mich daran erinnert, dass das das erste Coverkonzept für dieses Buch war. Ich wollte diese dreckige, schmuddelige, dunkle Gasse zeigen, hinter der die Wolkenkratzer aus Glas und Stahl aufragen.

K. Neko: Es war, als hätte man einen Hasen aus seinem Käfig gelassen. Wenn wir über die Nachtmärkte gegangen sind, ist TogaQ die Hälfte der Zeit in irgendeiner engen, schmutzigen Gasse verschwunden, um Hunderte von Fotos von – vermutlich – Müll zu machen. Einmal ist sie in ein heruntergekommenes Wohnhaus gestürmt, weil jemand die Haustür offen gelassen hatte. Nach zwanzig Minuten haben wir Streichhölzer gezogen, wer sie wieder rausholt.

TogaQ: Ich habe die Atmosphäre auf jedem Stockwerk auf mich wirken lassen und sie dokumentiert.

K. Neko: Nach der Gasse folgten dann die Kiste und der melancholische Shinohara auf dem Cover.

TogaQ: Ich wollte das schockierende und traurige Ende mit diesem Cover einfangen. Es ist zwar ein kleiner Spoiler, aber das weiß man erst, nachdem man die Geschichte gelesen hat.

K. Neko: Ich mochte die Kiste nicht, und wie Shinohara sie nachdenklich betrachtet. Die Kiste warf eher die Frage auf: »Warum ist da eine riesige Kiste in der Gasse und sonst nichts?« Sie hatte keinen Bezug. Also haben wir sie entfernt, und da Shinohara nun nichts mehr hatte, was er betrachten konnte, wurde auch seine Pose verändert.

TogaQ: Das ist der halb fertige Coverentwurf. Als letzten Feinschliff wollte ich noch die berühmten Neonlichter von Hongkong ergänzen, damit man die Stadt auf den ersten Blick erkennen kann.

K. Neko: Ich mochte die Ge-

Zweites Coverkonzept

samtkomposition, aber mir gefiel nicht, wie Shinohara die Leser ansah. Er starrte einen an und auf seinem Gesicht lag eine Mischung aus Trauer, Wut und Verwirrung – ich habe mich dabei unwohl gefühlt.

TogaQ: Er hat gerade seinen Auftrag vergeigt und seine Jungfräulichkeit verloren, und das alles an einem Tag. Natürlich empfindet er all das.

Drittes Coverkonzept

K. Neko: Überraschenderweise gab es nicht viele Diskussionen, als ich vorgeschlagen habe, dass Shinohara im Profil nach oben in den Regen blickt. Diese Zusammenstellung schien einfach besser zum Titel zu passen.

TogaQ: Ich brauchte also diese bestimmte Pose. Es war mir wichtig, diesen extremen Schmerz einzufangen. Also habe ich den Selbstauslöser meiner Kamera eingestellt und auf einen imaginären Punkt im Bücherregal geschaut.

K. Neko: Ich habe ihr gesagt, sie soll an etwas denken, das sie aufwühlen würde. Etwas, das sie sehr traurig macht.

TogaQ: Ich habe an die köstlichen scharfen Krabben und die gesalzenen Knoblauchgarnelen gedacht, die wir an den Fressbuden gegessen haben – einige dieser Läden waren wirklich ziemlich dubios. Einer davon hatte diese Plastikstühle, auf denen kleine Kinder saßen, obwohl sie eigentlich für Erwachsene gedacht sind. Der Tisch war so alt und abgenutzt, dass er immer gekippelt hat, wenn jemand vorbeigelaufen ist.

Das hat mich richtig, richtig traurig gemacht und ich habe in diesem Moment genau wie Shinohara ausgesehen, weil ich das Essen so vermisst habe.

K. Neko: Das stimmt. Ich glaube, die einzigen Augenblicke, in denen ich dich glücklicher als beim Essen gesehen habe, waren die, in denen du bestimmte Elemente von »Moe*-Pornos« gezeichnet hast.

TogaQ: Ich glaube, wir müssen noch mal zurück und mehr Recherche betreiben. Und zwar bald.

* Das japanische Wort »Moe« bezeichnet im weitesten Sinne eine Art Kink.

← **Finaler, detaillierter Hintergrund. Ohne Shinohara darin wirkt er ziemlich einsam.**

Character Design: Teraoka
Von TogaQ

Das ursprüngliche Design für Omaru (das war sein Name, bevor er in Teraoka geändert wurde) habe ich entwickelt, ein paar Wochen nachdem ich die Geschichte gelesen hatte. Es beruhte auf nichts und niemand Besonderem. Er hatte eine feste, gebieterische Stimme, die die Inspiration für den ersten Entwurf war. Ich schätze, es war eine Eingebung. Die Geschichte war ein Geschenk und ich hatte das Bild gezeichnet, das vor meinem geistigen Auge stand. Dann haben wir die Geschichte für dreieinhalb Jahre in die Schublade gelegt.

Erster Entwurf von Teraoka

Im Frühjahr dieses Jahres hatte Neko dann die Idee, dass wir die Geschichte für die Comiket* im Winter wieder ausgraben. Wir waren mit *In these words* weit genug fortgeschritten, dass die Leser wussten, wer Shinohara ist, und mehr über ihn erfahren wollten. Mir gefiel die Idee wegen des nicht einvernehmlichen »ersten Mals«. Wir wussten, dass wir nicht genug Zeit haben würden, um die ganze Geschichte als Manga umzusetzen, nicht, ohne die bereits existierenden anderen Deadlines zu gefährden. Also hatte ich vor, nur diesen Teil zu zeichnen – von dem Punkt an, als Shinohara von Teraokas Bodyguards im Flur aufgegriffen wird, bis zum Ende. Das war ein ziemlich ambionierter Plan, aber ich wollte es durchziehen.

Aber es ist ja nichts Neues, dass die Dinge meistens anders kommen, als man denkt. Also haben wir uns schließlich auf eine Novel mit vielen Illustrationen geeinigt, um die Deadline einhalten zu können. Wir hatten gerade das zwölfte Kapitel von *In these words* beendet, und auch wenn für *Lucidity**** nur wenige Illustrationen benötigt wurden, war der November schon zu weit fortgeschritten, um

Mit Bart und stacheliger Frisur

den Manga zu zeichnen. Trotzdem war ich sehr glücklich, endlich daran arbeiten zu können.

Teraokas ursprüngliches Design war Jahre alt und bedurfte einer Überarbeitung. Neko gefiel nicht, dass er so nach einem Klischee-Gangster aussah, und ich wollte in diesem Fall einen Seme*** mit Gesichtsbehaarung. Bisher waren die meisten meiner Figuren glatt rasiert und ich wollte, dass er anders aussah. Nach einigem Hin und Her haben wir also einen Dreitagebart ausprobiert. Viele Männer tragen das jetzt so und es verleiht seinem Gesicht mehr Männlichkeit.

Glatt rasiert (oder auch: die Trottelversion)

* Größte Convention für Dojinshi (Fancomics) in Japan, die zweimal im Jahr stattfindet.
** Sammlung mit Prequels zu *In these words*.
*** Aktiver Part in Boys-Love-Geschichten.

Maybe someday

Finale Version von Teraoka

Ich habe ihm eine stärkere Gesichtsbehaarung verpasst, damit seine Gesichtszüge besser zur Geltung kommen, und nachdem wir ein ganzes Wochenende über Skype und Textnachrichten verschiedene Frisuren zu dem Gesicht ausgetauscht hatten, einigten wir uns auf einen ordentlicheren Haarschnitt. Neko brachte das Argument an, dass Teraoka ein Geschäftsmann ist, der sich um sein Äußeres Gedanken macht und auf sich achtet (immerhin habe ich ihm einen Körper verpasst, der mit Davids mithalten kann), also würde er auch einen ordentlichen Haarschnitt haben.

Die Reaktionen auf ihn waren überraschend. Ich hätte gedacht, dass Teraoka, weil er älter ist und Shinoharas »erster Mann«, wenig Beachtung finden würde. Aber ich bin froh, dass er so große Aufmerksamkeit bekommen hat. Dadurch war ich noch motivierter, ihn zu zeichnen!

Character Design: Asakawa

Der erste Entwurf von Asakawa war ein älterer Mann, der alles gesehen hatte, und das sah man ihm auch an. Aber Neko hat ihn abgewiesen. Sie meinte, er sähe zu alt aus. Ich finde es nicht nur unrealistisch, nur gut aussehende Figuren in einer Geschichte zu haben, ich finde es auch wenig reizvoll. Mir reichte die väterliche Beziehung zwischen Asakawa und Shinohara.

Erster Entwurf von Asakawa

Ich habe versucht, Kompromisse einzugehen und Asakawa jünger und vorteilhafter gealtert aussehen zu lassen. Und Neko hatte keine andere Wahl, als diese zweite und finale Version zu akzeptieren, weil ich mich geweigert habe, sein Alter noch weiter herunterzuschrauben, als ich es ohnehin schon getan hatte.

Freetalk

Von Kichiku Neko

Ich habe *Maybe Someday* vor mehr als drei Jahren geschrieben, als es erst drei Kapitel von *In these words* gab. Ich hatte TogaQ gefragt, was sie sich zu ihrem bevorstehenden Geburtstag wünscht, und sie meinte voller Begeisterung, sie wolle eine Geschichte mit Shinohara als Uke*. Diese Bitte ließ mich innerlich zusammenzucken. Ich bin eins dieser altmodischen Boys-Love-Fangirls, die sich an die »Größenregel«, »Altersregel« und die Regel, dass »die Seiten nicht gewechselt werden«, hält.

Ich erinnere mich auch, dass diese Bitte ein Wendepunkt für mich war. Guilt|Pleasure war damals noch jung, aber plötzlich verstand ich, dass ich ein Teil davon war, Teil einer außergewöhnlichen Reise. Mir war nicht bewusst gewesen, dass ich Guilt|Pleasure hatte machen wollen, bevor wir anfingen, und ich hatte eine unglaubliche Partnerin an meiner Seite, die ihren etablierten Namen und ihre Karriere aufgegeben hatte, um Teil von etwas Aufregendem zu sein. Ich sagte mir, dass ich lernen müsste, mit diesem »Unwohlsein« umzugehen, und dass ich Dinge erforschen müsste, die ich nicht gewohnt war.

Ich hatte eine Woche Zeit. Anfangs gingen mir viele Szenarien durch den Kopf, die wenig Plot um die Sexszenen herum boten. Dann hatte ich die Idee, Shinohara für eine Undercover-Mission ins Gefängnis zu schicken. Ich hatte aber keine Lust, Zeit damit zu verlieren, japanische Gefängnisse zu recherchieren, also fiel diese ambitionierte Idee ziemlich schnell unter den Tisch. Am Ende der Woche hatte ich mich dann für einen Auftrag entschieden, der schiefgegangen war. Und warum nicht sein allererster, in dem man erfahren würde, was aus ihm den Mann gemacht hat, den wir aus *In these words* kennen? Um ehrlich zu sein, war nicht geplant, diese Novel zu veröffentlichen. Es war eine persönliche Herausforderung, getarnt als Geschenk.

Ich war sehr froh, dass sie TogaQ gefiel. Es war eine kleine Belohnung, als sie von »pinken Explosionen« sprach, von der perfekten Kombination von Blut und Sperma. Aber der Sex-Teil war ihr zu kurz. Also habe ich die ursprünglichen zwei Absätze auf drei Seiten ausgedehnt. Aber bis zu diesem Jahr haben wir nicht mehr viel darüber nachgedacht.

Für dieses Buch und zukünftige Projekte (kleiner Hinweis: Ihr werdet Teraoka wiedersehen!) haben wir sogar Hongkong besucht, um uns Referenzmaterial für die Schauplätze zu besorgen. Wahrscheinlich werden wir wieder hinfahren, wenn wir Teraoka in Zukunft erneut einführen. Obwohl diese Figur aus Japan stammt, haben wir uns dafür entschieden, dass er auch von Hongkong aus operiert.

Danke, dass ihr dieses Buch gekauft habt, und vergebt uns dafür, dass wir Shinohara wehgetan haben – andererseits bin ich ziemlich sicher, dass es TogaQ nicht leidtut.

Bis bald!

*Passiver Part in Boys-Love-Geschichten.

altraverse

Deutsche Ausgabe / German Edition
Altraverse GmbH – Hamburg 2022
Aus dem Englischen von Katrin Aust

Redaktion: Sabine M. Schmid
Lettering + Herstellung: Martina Stellbrink

Druck: CPI books GmbH, Leck
Printed in Germany

ISBN 978-3-96358-105-2
3. Auflage 2022

www.altraverse.de